Eric J. Stoquart

WEN

tome 2

W0383034

EDITIONS DU LOMBARD
BRUXELLES PARIS

COLLECTION « HISTOIRES ET LÉGENDES »
dirigée par Michel de Grand Ry

Copyright 1984 by Editions du Lombard, Bruxelles
Tous droits de reproduction, de traduction
et d'adaptation réservés pour tous pays,
y compris l'U.R.S.S.
D 1984/0086/1738

Dépôt légal : Novembre 1984
ISBN 2-8036-0474-4
Imprimé en Belgique par Proost sprl.

1

Les amazones de fer

SUPERBE, VOTRE COLLECTION DE SURREALISTES, SUPERBE! OOH: UN VAN GAUNT ?
"LE" VAN GAUNT. LE SEUL QU'IL AIT PEINT. Dr BOEHME, RAVI DE TROUVER EN VOUS UN TEL CONNAISSEUR.
À CE PROPOS, QU'EN PENSE NON LE CONNAISSEUR MAIS LE PSYCHIATRE ? JE ME DEMANDE PARFOIS SI CETTE ACCUMULATION DE MONDES ÉTRANGES, ICI...
...N'A PAS PERTURBÉ L'ESPRIT DE WEN ? RASSUREZ-VOUS, COMTE WOÏSKA...
...LE PROCESSUS DE L'AMNÉSIE EST PLUS BRUTAL.
CHUT! VOICI WEN. JE VOUS LAISSE SEUL AVEC LUI...
BONJOUR, WEN. JE SUIS LE Dr BOEHME.
POURQUOI CES FULMINANCES BLEUES SUR VOS MAINS?
AH. NOUS Y VOILÀ DÉJÀ. PHANTASME OU RÉALITÉ ?

PRENONS CE SPLENDIDE TABLEAU. C'EST POUR MOI QUE VAN GAUNT L'A PEINT, LE SAVAIS-TU?
EST-IL RÊVE OU SOLIDE? ÉCOUTE DONC... VIENS, WEN!
WEN VIENS WEN
CET ÉCHO N'EST-IL PAS... SOLIDE?
SUIVONS L'INVITE, CAR IL FAUT SE FIER AU RÉEL WEN. AU RÉEL.

SOIS LE BIENVENU, WEN. LE DOCTEUR NOUS AVAIT PARLÉ DE TOI.
JE SUIS FEMME ET CURIEUSE. WEN, QUEL CADEAU M'APPORTES-TU?
MOI, J'ÉTAIS EN TRAIN D'APPRENDRE LA DIF-FÉRENCE ENTRE LE VRAI ET L'INCROYABLE QUAND JE SUIS ENTRÉ... JE N'ÉTAIS PAS PRÉVENU.
IGNORERAIS-TU QU'À TOUTE REINE, IL CONVIENT D'OFFRIR LE TRIBUT?
J'AURAIS AIMÉ OFFRIR UN PARFUM.
HAHAHA! QUE FERAIENT D'UN PARFUM LES AMAZONES DE FER?

JE NE SAIS PAS. ALORS, CE FOULARD, PEUT-ÊTRE ?
UN FOULARD, OUI, DONNE !
NOUS EN AVONS PEU. CELA DONNE À LA PEAU L'ÉCLAT PLUS GUERRIER.
ARRÊTEZ LEUR COURSE !
ILS AVAIENT SENTI L'ODEUR DES HOMMES... LE VENT DE LA PORTE UN INSTANT OUVERTE ...
RAMENEZ-LES À LEUR TRAVAIL. JE CONDAMNE LES GARDIENNES COUPABLES DE CETTE NÉGLIGENCE AUX EAUX CHARGÉES DE SELS.
4

QUI SONT CES HUMAINS? À SE FIER AU RÉEL, JE VOIS BIEN QU'UN PESANT ESCLAVAGE...
DU CALME, WEN.
...VOUS LES TIENT ENCHAÎNÉS. RENDEZ-MOI CE CADEAU. JE NE PAIE PAS TRIBUT À DES NÉGRIÈRES!
WEN, OÙ VAS-TU?
NE TIREZ PAS.
À QUOI BON? QU'IL ÉPUISE SA COLÈRE. J'AVAIS DÉJÀ AIMANTÉ LE FOULARD DE SOIE. JE LE RAPPELLERAI À MON GRÉ DÈS QU'IL FRÔLERA LA PORTE...
WEN! IL NE FALLAIT PAS DÉFIER CALLIRHOË EN SES TERRES!
5

ALORS, ELLE TE RAPPELLERA: ELLE A AIMANTÉ LE FOULARD. TU DEVRAS Y ALLER, ÊTRE SA CHOSE. POURQUOI NE PAS L'AIDER PLUTÔT COMME MOI ?
EXCUSEZ-MOI, DOCTEUR BOEHME ...
VOS MAINS... VOUS ME BRÛLEZ !
JE VAIS AU MARCHÉ, WEN. C'EST LA SAISON DES FRUITS ET J'AIME LES CHOISIR MOI-MÊME
NE T'ENCHAÎNE PAS À CE FOULARD !
RAPPELLE-TOI, WEN... LES FRUITS. CES GOÛTS FRAIS ET SUCRÉS, NOS CUEILLETTES ENSEMBLE DANS LE PARC ...
QU'AIMERAIS-TU ... ?
WEN ! LAISSE CELA !
6

WEN! AU MOINS T'ES-TU SOUVENU DE LA VALEUR QUE TON PÈRE ATTACHE À CETTE PEINTURE UNIQUE! J'AURAI PLAISIR À LE LUI SIGNALER...
JE SUIS VRAIMENT NAVRÉ, MADAME...
JE NE SAIS COMMENT M'EXCUSER...
MAIS NON, MAIS NON, CELA ARRIVE!
TON PÈRE VOUDRA REMETTRE LE TABLEAU EN PLACE... JE LE PRÉVIENS.

Dr BOEHME, LE PSYCHIATRE CONVOQUÉ PAR LE COMTE WOÏSKA.
PARTEZ. IL ME RESTE QUELQUES INSTANTS POUR ME SOUVENIR ET DEVENIR FAUVE
À D'AUTRES! IL EST DÉJÀ LÀ.
VOYONS, IL DOIT S'AGIR D'UNE ERREUR ...
JE SUIS CONNU, JE PUIS VOUS MONTRER MES PAPIERS...
J'APPRENDS, WEN, QUE TU AS SAUVÉ MON VAN GAUNT D'UNE PETITE CATASTROPHE ...
WEN!

2

Allégorie

... AUCUN DANGER JE SAIS! C'EST MA FEMME QUI S'INQUIÈTE, PROMETTEZ-MOI DE MODÉRER L'USAGE DE LA BIÈRE!
D'ACCORD, WEN NE NOUS RECONNAÎT PLUS, COMTE WOÏSKA! MAIS TANT QU'IL RESTE AVEC NOUS ...
VOUS FAITES BIEN, PARTICIPER AU CARNAVAL LE DISTRAIRA!
VOUS ÉTIEZ SES MEILLEURS AMIS. JE VOUS LE CONFIE...
RAPPELLE-TOI AU MOINS NOS NOMS, WEN: MOI C'EST WILFRID, LUI OTHON, TOUT LE VILLAGE NOUS CONNAÎT. SI JAMAIS TU NOUS PERDS DANS UNE BOUSCULADE, DEMANDE WILFRID ... OTHON ...

LES JALOUX ! LES JALOUX ARRIVENT !
JE SENS CES OISEAUX TREMBLER D'UNE TERREUR IMMENSE.
EH BIEN, GAGNE-LES ET LIBÈRE-LES !
OTHON... LA HARPISTE ! TU LA CONNAIS ?
NON, MAIS JE CONNAIS CETTE LUEUR D'EXTASE DANS TA PRUNELLE, COQUIN !
COMMENT GAGNE-T-ON LES OISEAUX ?
C'EST FACILE... DU MOINS EN PRINCIPE ! IL FAUT EMBRASSER LA MORT... MAIS BIEN SÛR, LES JALOUX ESSAIERONT DE T'EN EMPÊCHER...
À MOI LES TOURTERELLES !
W CH 4. 2.

HA HA HA! C'EST MANQUÉ! IL N'A DROIT QU'À UN SEUL ESSAI.
HA HA HA!
À MON TOUR!
À TOI, WEN! ESSAIE DE GAGNER LES SEPT TOURTERELLES
EH BIEN, WEN? TU N'ESSAIES PAS D'EMBRASSER LA MORT?
POURQUOI PAS?
W. CH.4 3.

HAHAHA! TU AS PEUT-ÊTRE PERDU LA MEMOIRE, WEN... MAIS PAS LE NORD! HAHA HAHAHA!
BRAVO WEN! J'AVOUE QUE JE N'Y AURAIS PAS PENSÉ! HÉHÉ!
NUL N'EMBRASSA LA MORT, NUL NE GAGNA LES TOURTERELLES. ON S'EN CONSOLA EN D'IVRES FARANDOLES QUI SE LEVÈRENT, LE SOIR, SOUS LES LAMPIONS.
W CH.4. 4.

RESTE AVEC WEN, MOI, J'AI UNE CHANCE À COURIR ...
JE ME DOUTE BIEN AUPRÈS DE QUI !
D'ORDINAIRE, ON NE ME CHOISIT PAS, C'EST MOI QUI CHOISIS.
TOUT CHANGE, AU CARNAVAL !
COUREZ, LES AMOUREUX, COUREZ ... JE VOUS SUIS ! JE SUIS L'ALLUMEUR DES COINS SOMBRES ! HA HA HA ! HAHAHA !
OU EST WILFRID ? EST-CE QUE JE SAIS ? EN MARCHE VERS SON DESTIN, MON VIEUX !
J'AI PEUR QU'IL NE SACHE PAS LEQUEL !
WEN, OÙ VAS-TU ? ATTENDS-MOI !
HÈ ?
GUIDEZ-MOI, BOULES DE PEUR BLANCHES ! SI VOUS FUYEZ AU NORD, J'IRAI AU SUD !
W CH4 5.

MAIS LAISSEZ-MOI PASSER, JE DOIS REJOINDRE UN AMI... WEN, ATTENDS! WEN!
LÀ DERRIÈRE... NOUS Y SERONS TRANQUILLES!
TU N'AS PAS PEUR DE MOI ?
JE N'AI JAMAIS ENTENDU PLUS ÉTRANGE QUESTION!
WILFRID, NE TE LAISSE PAS ENTRAÎNER PAR ELLE!
EH?! WEN! HO, C'EST INTELLIGENT! MAIS LAISSE-MOI DONC! JE SUIS ASSEZ GRAND POUR SAVOIR CE QUE...
ALORS, IL FAUT QUE JE T'Y FORCE!
ILS SE CROIENT BIEN CACHÉS! TREMBLEZ LES AMOUREUX! VOICI QUE VOUS POURSUIT LE TROUBLE-BAISERS L'HOMME DES SOLEILS INATTENDUS! EN JOUE...
W. CH4 6-

FEU !
WHOOOMM
QU'EST-CE QUE... ?
PARDONNE-MOI, WILFRID, MAIS TU ÉTAIS COMME AVEUGLE ...
LES BÊTES, ELLES, ONT L'INSTINCT DE LA MORT... PAS TOUJOURS LES HOMMES.
W CH 4 7.

3

Le rébus

?
BOU
HOUHOU
EH BIEN, QUELLE EST CETTE GRANDE PEINE.
?
JE NE PEUX PLUS RENTRER CHEZ MOI, J'AI PERDU LA CLÉ.

NE VIDE PAS TOUTES TES LARMES, JE VAIS ALLER AVEC TOI ET VOIR...
TU VEUX BIEN ?
VIENS, JE VAIS TE MONTRER MA MAISON, ELLE EST JOLIE, TU SAIS.
HE ? JE NE TE SUIS PLUS TRÈS BIEN ...
ON DIRAIT QUE TU Y PASSES POUR LA PREMIÈRE FOIS !
TES PARENTS N'ÉTAIENT DONC PAS CHEZ TOI ?
PAPA EST PARTI POUR L'IMMENSE PÈLERINAGE, ET BIEN SÛR PENDANT CE TEMPS-LÀ, MAMAN DORT...
W. CH8 2.

ESSAYONS DE RÉVEILLER TA MAMAN.
QUELLE DRÔLE D'IDÉE! VEUX-TU QUE PAPA TE TRANSFORME EN GRIFFON À SON RETOUR? IL EST JALOUX, TU SAIS, ET PUIS C'EST IMPOSSIBLE!!!

SEUL PAPA POURRAIT LA DÉSENCHANTELLER. MOI JE VEUX SEULEMENT RETROUVER LA CLÉ.
EXPLIQUE-TOI.
MAMAN EST SOUS BONNE GARDE...
J'AI PU SORTIR PAR LA PORTE DU MILIEU, QUI NE S'OUVRE QUE DE L'INTÉRIEUR. MAIS COMMENT RENTRER ?! PAPA M'AVAIT EXPLIQUÉ ... J'AI OUBLIÉ
W CHS 4

GARDE-T-IL UNE AUTRE PORTE ?
JE NE SAIS PLUS. IL SIÈGE SOUS LE COMPTE-TEMPS, QU'ON PEUT REMONTER À L'ENDROIT ET À L'ENVERS. MAIS UNE PORTE ? JE NE SAIS PLUS.
ET OÙ MÈNE CETTE ENTRÉE ?
JUSQU'AU LIT DE MAMAN, PAR LE LAC D'ÉLIXIR QU'ON FRANCHIT À GUÉ.
BIEN, ESSAYONS. SUIS-MOI.
N'ENTRE PAS !
WROOO WIIIIII

SANS TORCHE, C'EST TROP SOMBRE.
MAIS TA TORCHE EN--FLAMMERA LES VAPEURS DU LAC D'ÉLIXIR ET TU Y BRÛLERAS.
JE VIENS DE COMPRENDRE LA CLÉ COMMENT ACTIONNE-T-ON LE COMPTE-TEMPS À L'ENVERS ?
PAR LE REMONTOIR QU'ON TOURNE VERS LE SOL.
NOS MONDES VONT SE SÉPARER. AU REVOIR
AU REVOIR... MAIS FAIS VITE. LA PORTE DES PLUIES, PARFOIS, DISPARAÎT TROP TÔT.
JE SAIS, ET TOI, NE RESTE PAS SUR CE PALIER, TU SERAIS BOUSCULÉE.
W. CH8 6.

C'EST BIEN CELA. IL NE QUITTE SA GARDE ...
WHOOM
... QUE POUR ALLER SE VAUTRER AVEC DÉLICES ...
WOOUOOOUWIWOONN
... DANS LE LAC DE FEU. ET MAINTENANT, VITE AU COMPTE-TEMPS ...
12 11 10 9 8 7 6 5 4 3 2 1
ET LE TEMPS REPRIT SA COURSE VERS LE PASSÉ ...

C'ÉTAIT BIEN LA CLÉ !
REMONTER LE TEMPS. IL N'Y AVAIT PAS D'AUTRE MOYEN, POUR ELLE, DE SE RETROUVER DERRIÈRE LA PORTE-QUI-NE-S'OUVRE-QUE-DU-DEDANS ...
ELLE AVAIT RAISON. DÉJÀ LA PORTE DES PLUIES S'EFFACE. IL ÉTAIT URGENT DE REVENIR.

4

L'Ouroboros

QUELLE IMPULSION PLUS FORTE QUE LE SOMMEIL AVAIT JETÉ WEN, CETTE NUIT-LÀ, SUR L'ESCALIER MENANT AUX COMBLES ?
ET QUI DONC AVAIT TRACÉ, SUR LES PLANCHERS CEN--TENAIRES, CES GÉOMÉTRIES OCCULTES ?
IL LUI SEMBLAIT IMPOSSIBLE DE NE PAS S'Y AVANCER ...
IMPOSSIBLE DE N'ÊTRE PAS LE PANTIN DE FORCES ABERRANTES.
W. CHG. 1

VOYAGE AU CREUX D'UN RAYON NOIR, D'UN GOUFFRE TEMPOREL, OÙ LA SECONDE ET LE MILLION DE SIÈCLES SE MESURENT ÉGAUX.
LORSQU'IL REPRIT SES SENS ET SON IDENTITÉ, WEN CRUT QUE LE SILENCE EXPLOSAIT À TOUT JAMAIS.
DÉSOLÉ DE T'ACCUEILLIR AU SON D'UNE SALVE D'AZOTHS, WEN... CE BRUIT CASSE LA TÊTE, MAIS IL FALLAIT BIEN QUE NOUS TENIONS L'OUROBOROS EN RESPECT JUSQU'À TON ARRIVÉE...
L'OUROBOROS ?
D'ABORD VOIR, ENSUITE COMPRENDRE. VIENS.
VOILÀ L'OUROBOROS. LE PIRE VAISSEAU PIRATE QUI AIT JAMAIS CONTRARIÉ LES FLUX DES ASTRES. AVEC LES DOMMAGES QUE TU DEVINES.
JE NE DEVINE RIEN ...
W. CHS 2.

L'OUROBOROS CAPTE LES FLUX BÉNÉFIQUES DES CONJONCTIONS FAVORABLES DES ASTRES ET LES REVEND À CES MILLE ET UN ASTROLOGUES PEU SCRUPULEUX QUI HABITENT LES PLANÈTES.
L'ÉQUILIBRE DU BIEN ET DU MAL DANS L'UNIVERS EN EST COMPLÈTEMENT PERTURBÉ...
MAIS QU'Y PUIS-JE ?
BEAUCOUP.
JE TE PARLE, YAROS, CAPITAINE PERDU DE L'OUROBOROS ! VOICI QUE NOUS AVONS LEVÉ DES TERRES SOLAIRES LE NÉGOCIATEUR NEUTRE QUE TU DEMANDAIS, L'ACCUEILLERAS-TU SANS TRAÎTRISE ?
JE TE PARLE, ATOME EXÉCRÉ DES POLICES ASTROLOGIQUES ! TON AMBASSADEUR PEUT VENIR SOUS LE PONT DE MA PAROLE INVIOLÉE.

MAIS QUE LUI DIRAIS-JE ?...
RIEN. C'EST À LUI DE PARLER. OH ! YAROS SE SAIT CONDAMNÉ, ENCERCLÉ, PERDU...
MAIS IL REFUSE DE DIRE À LA POLICE LA DERNIÈRE VOLONTÉ À LAQUELLE IL A DROIT. ÉCOUTE-LA. SI C'EST RAISONNABLE ACCEPTE. SINON, REVIENS ME CONSULTER.
JE TE PARLE, YAROS. L'AMBASSADEUR VIENT SEUL. ÉCARTE DE LUI LE MERCURE DE TES AZOTHS. !
BONJOUR, AMI ! JE M'APPELLE YAROS, CAPITAINE DE CE VAISSEAU. LAISSE-MOI TE REGARDER, ESSAYER DE DEVINER QUELLE EST TA PLANÈTE...
W. CH8 4.

À DIX CONTRE UN, TU VIENS D'UN SYSTÈME QUE VOUS NOMMEZ TERRELUNE,
C'EST À PEU PRÈS CELA.
JE CONNAIS, JE CONNAIS J'Y AVAIS DE BONS CLIENTS. AINSI DONC, C'EST LÀ QU'IRA MON FILS !
TON FILS ?
... QUE J'AI EU TORT D'EMMENER ! POUVAIS-JE DEVINER QUE CES TORDUS DE LA POLICE ASTROLOGIQUE ME RETROUVERAIENT APRÈS TANT D'ANNÉES D'ERRANCE LIBRE ? AH ! ILS Y ONT MIS LES MOYENS, POUR CERNER LE VIEUX YAROS !
NE LES CROIS PAS NOBLES, ILS NE POURSUIVENT QUE LES PIRATES QUI REFUSENT DE LES PAYER EN RAYONS-DE-LONGUE-VIE. MOI J'AI TOUJOURS REFUSÉ... ALORS, VOILÀ !
AMI, JE TE PRÉSENTE MN'YAR, MON FILS, IL N'A JAMAIS RIEN COMMIS D'ILLÉGAL, LUI, MA DERNIÈRE VOLONTÉ EST QU'IL PARTE AVEC TOI, AVANT MON DERNIER COMBAT.
C'EST RAISONNABLE. JE M'EN PORTE GARANT, YAROS.

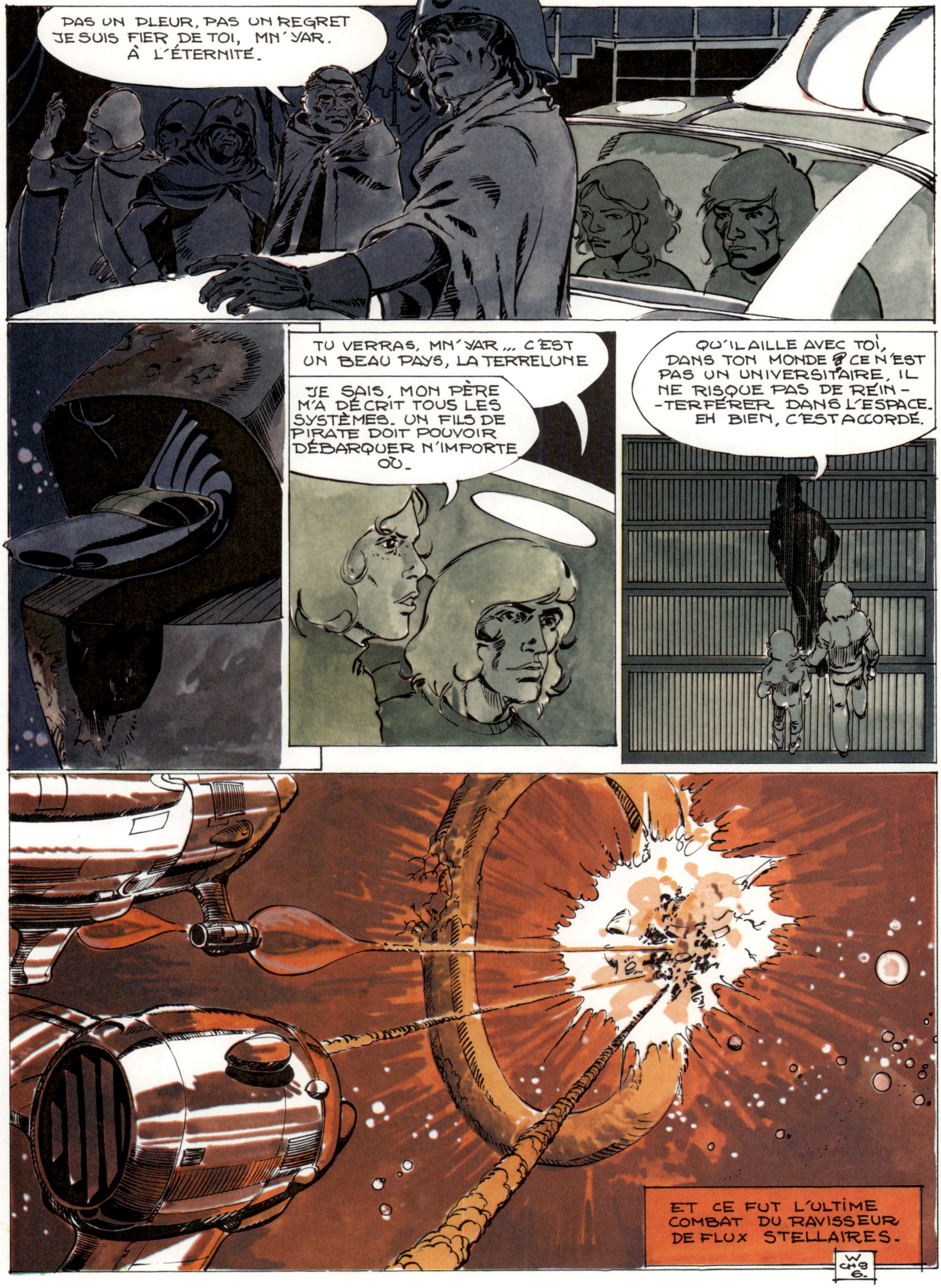
PAS UN PLEUR, PAS UN REGRET
JE SUIS FIER DE TOI, MN'YAR.
À L'ÉTERNITÉ.
TU VERRAS, MN'YAR... C'EST UN BEAU PAYS, LA TERRELUNE
JE SAIS, MON PÈRE M'A DÉCRIT TOUS LES SYSTÈMES. UN FILS DE PIRATE DOIT POUVOIR DÉBARQUER N'IMPORTE OÙ.
QU'IL AILLE AVEC TOI, DANS TON MONDE ? CE N'EST PAS UN UNIVERSITAIRE, IL NE RISQUE PAS DE REIN-TERFÉRER DANS L'ESPACE. EH BIEN, C'EST ACCORDÉ.
ET CE FUT L'ULTIME COMBAT DU RAVISSEUR DE FLUX STELLAIRES.

OUI, C'EST BEAU. DIS-MOI OÙ EST LA MER PAR RAPPORT À L'ÉTOILE CHAUDE ?
C'EST PAR-LÀ. TU VEUX Y ALLER ?
JE SAIS QU'IL EXISTE SUR VOS MERS DES BATEAUX SANS MAÎTRE. JE M'Y INSTALLERAI. J'Y REPREN-DRAI LE MÉTIER DE MON PÈRE. À L'ÉTERNITÉ, WEN !
MARIN OU VOYAGEUR, SI TU CROISES AUX CAPS DE BRUMES UN BATEAU SANS LOI NI ROUTE, N'AIE AUCUNE PEUR. IL NE TEND SES LONGS VOILES FLOTTANTS QUE VERS DES FLUX MYSTÉRIEUX VENUS DU ZODIAQUE...

5

Les insectes

LA SORTIE? POUR L'AMOUR DU CIEL! QUI ME DIRA OÙ EST LA SORTIE?
AU SECOURS!
D'OÙ VIENT CETTE NUIT? LAISSEZ-MOI SORTIR! SORTIR!
CE BRUIT! CE BRUIT! JE VEUX SORTIR!

PAR PITIÉ ! QUELQU'UN M'ENTEND-IL ?
JE VOUS ENTENDS ! QUE SE PASSE-T-IL ?
JE ME SUIS PERDUE DANS CE LABYRINTHE ! ÊTES VOUS À LA SORTIE ?
J'Y SUIS ! JE VAIS CHANTER ... DIRIGEZ-VOUS VERS MA VOIX.
S'IL N'Y AVAIT PAS EU CETTE NUIT SOUDAINE QUI M'EST TOMBÉE SUR LES ÉPAULES COMME UNE CHAPE...
LALALALA... AVANCEZ VERS MA VOIX !
OOOOOOOOOO
ET PUIS PARFOIS CE BRUIT AFFREUX ...
AVANCEZ TOUJOURS ! JE SUIS VOTRE GUIDE
ET MON EQUILIBRE DÉFAIT.
NOUS TIRERONS TOUT CELA AU CLAIR.

HA ! J'EN AI PIÉGÉ DEUX !
EN TRICHEGLISSANT PENDANT LE TEMPS OBSCUR, OUI !
GULHAM A RAISON, BALAHOR, TON PION ÉTAIT EN POSITION ALORS QU'A PRÉSENT IL EST EN
QU'AS-TU OSÉ DIRE ?
MON PION ÉTAIT LÀ OÙ JE VIENS DE LE PRENDRE !
HAAA QUEL EST CE TREMBLEMENT DE TERRE ? EST-CE QU'UNE MONTAGNE SE SOULÈVE ?
LAISSEZ-VOUS TOMBER !

ET CETTE IMMENSE CLAMEUR ? ON DIRAIT DES VOIX...
CE SONT DES VOIX...
J'EN AI PIÉGÉ DEUX TOUT À FAIT RÉGULIÈREMENT !
NOUS SOMMES À CÔTÉ DE LA SORTIE SUIVEZ-MOI ...
LA SORTIE EST INFRANCHIS-SABLE ! JE NE COMPRENDS PAS... J'AI POURTANT LE DON DU PASSAGE !

FAITES-MOI LA COURTE ECHELLE. JE VAIS ESSAYER PAR LE HAUT
CELA NE VA PAS, BALAHOR. TOUT LE MONDE ICI A REMARQUÉ TA TRICHEGLISSE.
JE VOUS JURE QUE ...
LA PARTIE D'INSECTOSPACE AVAIT À PEINE COMMENCÉ. NE NOUS DISPUTONS PAS. JE PROPOSE QU'ON ÉCRASE PUREMENT ET SIMPLEMENT LES DEUX INSECTES CAPTURÉS PAR BALAHOR ET QU'ON REPRENNE TOUT DEPUIS LE DÉBUT.
ON VA L'AIDER, HOP! HOP!
HÉ REGARDEZ! UN DES INSECTES ESSAIE DE SORTIR C'EST AMUSANT ...
W CHIO 5

JE VAIS MOURIR DE TERREUR! SOMMES-NOUS LE JOUET D'UN DÉMON?
PROBABLEMENT. ACCROCHEZ-VOUS À LA HAIE!
ILS NE SAUTENT PLUS, ILS SE SONT ACCROCHÉS. QUI SAIT? IL EXISTE PEUT-ÊTRE DANS L'UNIVERS DES INSECTES INTELLIGENTS...
CELA SEMBLE SE CALMER.
MAIS TOUT CELA EST DÉMENT! OÙ SUIS-JE? QUI SUIS-JE ENCORE? QUE FAISONS-NOUS ICI? QUE SE PASSE-T-IL? JE VEUX SAVOIR: PEUT-ON DEVENIR FOLLE ET RESTER DANS L'IGNORANCE?
ET ÇA BOURDONNE, ÇA BOURDONNE, PARIONS QU'IL Y A UNE FEMELLE!!
HAHAHA!
DIS DONC, RAHALEM, TOI QUI AS ÉTUDIÉ LES SIGNAUX DES INSECTES, PEUX-TU COMPRENDRE CEUX-LÀ?
PEUT-ÊTRE... JE VAIS CHERCHER LEUR LONGUEUR D'ONDES VIBROÏDES.
W CHIO 6

L'UNE DE CES TÊTES CHERCHEUSES RENCONTRERA PEUT-ÊTRE LEUR BOURDONNEMENT ...
QU'EST-CE ENCORE ?
UNE ANTENNE, PEUT-ÊTRE ?
OH ! LEUR VIBROÏDE A DE L'INTELLIGENCE ! LAISSEZ-MOI CONCENTRER MA SÈVE PENSÉE ET TENTER DE LEUR PARLER ...
TU VEUX RIRE. ILS TOMBERAIENT FOUDROYÉS. ENFIN, CE NE SONT QUE DES INSECTES ARRACHÉS À L'EXTRAESPACE ...
COMPRENDRE
JE PUIS COMPRENDRE ! QUI ?
MOI, JE PENSE. VOUS, VOUS ÊTES INSECTES À L'INSTINCT ÉVEILLÉ.
MOI, JE PENSE. COUTUME ET LOIS ET ARTS ET PHILOSOPHIES...
COMMENT VOUS CROIRE ? JE VAIS VOUS ÉCRASER COMME INSECTES INUTILES.
QUE SAVEZ-VOUS DE MA PUISSANCE ? JE VAIS VOUS ANÉANTIR COMME RACE SUPERFLUE !
W CH 10 7

PASSIONNANT CE DIALOGUE ! C'EST LA PREMIÈRE FOIS QU'UN INSECTE RÉUSSIT À ME FAIRE PEUR.
MÉFIE-TOI. NOUS NE CONNAISSONS PAS TOUS LES VENINS.
ECOUTEZ CELA. J'AMPLIFIE, INSECTE, CITE-NOUS UN PROVERBE D'INSECTES !
"NE TUEZ JAMAIS UN INSECTE, CAR IL PEUT AIMER UN AUTRE INSECTE"
HAHAHA ! C'EST TOUCHANT ! EH BIEN, QU'ON LES LIBÈRE... COUPEZ LE CHAMP DE CAPTURE !
VENEZ, NOUS ALLONS POUVOIR SORTIR !
AI-JE FAIT UN CAUCHEMAR ? TOUT S'EST ÉVANOUI !
QUELQU'UN A DÉPLACÉ UN SIMPLE PION, QUELQUE PART DANS L'UNIVERS...
W CHIO 8.

6

Miroirs

TE SOUVIENS-TU, AUBE? IL YA UN AN, JOUR POUR JOUR, NOUS NOUS SOMMES AIMÉS AU BORD DE CE LAC?...
LA BELLE VICTOIRE QU'UN ANNIVERSAIRE!
QUEL TON D'AMERTUME! UN AUTRE EST-IL PASSÉ SUR MES CHASSES!
AUCUN AUTRE, WOLF. COMMENT POURRAIS-JE EN AIMER UN AUTRE? TU FAIS PARTIE DE MOI.
C'EST VRAI. CHAQUE SEMAINE, JOUR POUR JOUR, NOUS NOUS SOMMES REVUS ICI ...
PUIS CHAQUE JOUR, HEURE POUR HEURE, ET JAMAIS NOUS N'AVONS OSÉ NOUS POSER LA GRANDE QUESTION...
LA SEULE QUESTION : "RESTERONS-NOUS ENSEMBLE?"
MAIS, AUBE, CELA ME PARAÎT SI NATUREL!
CROIS-TU? QUELQUE CHOSE, EN TOI, ME FAIT PEUR, WOLF! QUELQUE CHOSE D'INDÉFINISSABLE MAIS DE TERRIBLE!
AUBE!
TU ES MON DÉCHIREMENT, WOLF! JE NE PUIS AIMER QUE TOI MAIS TON AUTRE "MOI" ME REPOUSSE ET JE LE HAIS! WOLF! CE JOUR EST LE DERNIER ...
AUBE! AUBE! REVIENS!
W. CH.12 1

NE ME SUIS PAS, WOLF! IL FAUT EN FINIR !
AUBE… TU ES FOLLE !
AUBE ! NON ! NOUS NE SAVONS NAGER NI L'UN NI L'AUTRE !
AUBE ?!
AUBE…
L'EAU GERCÉE DE FROID N'EST PEUT-ÊTRE QU'UN CHEMIN POUR AILLEURS, QUI SE DÉFEND. WEN Y LUT COMME UN SIGNE D'APPEL

ATTENDS, NAUFRAGÉE. QUE COMPTAIS-TU TROUVER EN CHANGEANT DE MYSTÈRE ?
OH ! QUI ES-TU POUR M'IMPORTUNER ?
UN CERTAIN WEN, ENCOMBRÉ PAR SES OMBRES, ...
NE POUVAIS-TU ME LAISSER SEULE ?
AVEC TES PROPRES OMBRES ? EST-CE CELA L'OUBLI ?
WOLF !
IL TE FALLAIT CONSIDÉRER LE DESTIN EN FACE, NAUFRAGÉE.
OH, WOLF ! C'EST ABSURDE DE M'AVOIR SUIVIE. ET QUELS SONT CES MIROIRS ?
TOUS CES MIROIRS, TOUS CES MIROIRS... ILS RÉPÈTENT " JE T'AIME... JE T'AIME... JE T'AIME... "

AUBE ! ME QUITTER JUSTE UN AN APRÈS, JOUR POUR JOUR, HEURE POUR HEURE... !
WOLF ! QUAND TU DIS CES MOTS ...
SOUVIENS-TOI DE NOS AMOURS AU BORD DU LAC, JOUR APRÈS JOUR ...
CES MOTS-RENGAINES ILS TE RONGENT DE LEUR ACIDE ROUGE ! REGARDE LES MIROIRS !
JE SAIS MAINTENANT CE QUI ME FAISAIT PEUR EN TOI, WOLF : LE GOÛT DE L'HABITUDE !
CES RENDEZ-VOUS ROUTINIERS, CES MOTS REDITS, CES GESTES REFAITS ... CETTE ORNIÈRE CREUSÉE EN TOI, WOLF ! ET QUI S'ÉLARGIRAIT, TOI SUR UN BORD, MOI SUR L'AUTRE...
QUE CHERCHES-TU, NAUFRAGÉE DES AILES ? ?
EMMÈNE-MOI, WEN !
AUBE ! EST-CE UN MAL SI GRAVE ?
JE NE POURRAIS JAMAIS LE SUPPORTER, WOLF. LAISSE-MOI PARTIR !
W CH.12 4.

DES AILES, OUI ! JE NE VEUX PAS VIVRE AVEC DES GESTES D'AUTOMATE. JE NE VEUX PAS D'UN AMOUR MORT VIVANT !
IL T'APPARTIENDRAIT DE CHOISIR LE RÊVE, AUBE...
MAIS LUI, M'Y SUIVRAIT-IL ?
LAC ABSURDE !...
AU PIED DU CHÂTEAU DU MONT-CORNU, QUI JETTE SUR LE LAC UNE IMAGE SANS LARGEUR NI HAUTEUR ET DE PROFONDEUR INCONNUE, WOLF S'ÉTAIT REDRESSÉ.
TU M'AURAS VOLÉ LE DERNIER REFLET DES YEUX D'AUBE ...
JE TE BRISERAI !

JE TE BRISERAI ! MAUDITS MIROIRS !
BANG KLINNGILING
JE TE BRISERAI !
KLI ILING
WEN, J'ENTENDS QUELQUE CHOSE.
WEN,,, IL CASSE LES MIROIRS !
C'EST QU'IL EN AVAIT LA FORCE ...
WEN ! RAMÈNE-MOI VERS LUI !
W CHI2 6.

IL NE CONVIENDRAIT PAS QUE J'ASSISTE À LEURS RETROUVAILLES ...
WOLF ...!
WOLF, DIS-MOI : NOUS AURONS DES RENDEZ-VOUS SAUVAGES ?
EXTRAVAGANTS ! INATTENDUS !
NOUS IRONS PAR DES CHEMINS INCONCEVABLES, VERS DES LIEUX HORS DU TEMPS ...
SANS JOURS ... SANS HEURES ...
... SANS ANNÉES ! LE TEMPS SE RIDERA LES POINGS À FRAPPER SUR NOS RIDES !
NOUS NOUS INVENTERONS ! JE SERAI FOULE, TU SERAS MULTITUDE ...
ET QUAND VIENDRA LE TEMPS DES MIROIRS, NOUS SAURONS BRISER L'OBSTACLE !

7

L'emprise

COUIN
COUIN
COUIN
COUIN
À TOI, WEN!! ET N'ABATS PAS LE LEURRE ... HAHAHA
EH! D'OÙ SORT CETTE FILLE ?
C'EST JUDITH...
PAW
ELLE EST ARRIVÉE ICI IL Y A TROIS ANS ET S'EST INSTALLÉE DANS UNE CABANE PRÈS DE LA PIERRE-QUI-LOCHE, AVEC L'INTENTION MANIFESTE DE TROUVER UN MARI DANS LA RÉGION. MAIS CETTE PIERRE TERRORISE LES VILLAGEOIS. ILS N'ONT PLUS VOULU PARLER À LA FILLE, QUI DE SOLITUDE, EST DEVENUE COMPLÈTEMENT FOLLE !!

OÙ VAS-TU, WEN ? LA TOUTE BELLE GRIFFE QUAND ON L'APPROCHE, TU SAIS !
CROIS-TU QUE L'UNIVERS DE LA FOLIE RENDE ACCUEILLANT ?
PEUR ...
JE M'APPELLE WEN. JE CONNAIS TES PEURS. VIENS, IL FAUT T'ARRACHER D'ICI ...
PAS SUR LA MER DE SANG... LES GOULES ONT FAIM, TU VOIS BIEN...
FANTASMES QUE TOUT CELA ! IL FAUT QUITTER CETTE PIERRE ...
ELLE SEULE M'AIME ENCORE. NON !
W 14. 2.

COMMENT POURRAIT-ELLE T'AIMER ? JUDITH ! IL FAUT FUIR TON PROPRE NAUFRAGE, TON ÎLOT DÉLÉTÈRE ...
J'EN SERAI PUNIE, WEN !
N'EN CROIS RIEN.
LÀ ... LÀ ... IL M'ATTENDAIT DANS LA MER DE SANG ! TU ES AVEC LUI, JE LE SAIS !
NON, JUDITH CETTE PIERRE EST MALÉFIQUE ET CECI N'EST QU'UN LEURRE. JE T'EN PROTÉGERAI.
LAISSE-MOI RETOURNER PRÈS DE MON AMIE !
COMMENT LE POURRAIS-TU ? LÂCHE-MOI, TU N'ES QU'UN NABOT...
REGARDE ALORS CE QUE JE FAIS DE TES MONSTRES ...

C'EST DU BOIS, JUDITH! UNE STATUE DE BOIS!
ASSEZ TERGIVERSÉ. ÉLOIGNONS-NOUS DE CES MIASMES, JUDITH.
LE DÉMON DES EAUX! MON AMIE, OÙ ES-TU ?...
IL VA NOUS CONSUMER D'UN FEU ROUX... JE L'AI DÉJÀ VU À L'OEUVRE MAIS PARTONS DONC!
NON! C'EST PEUT-ÊTRE LA DERNIÈRE ÉPREUVE

NE ME LIVRE PAS AU CAVALIER DES ABYSSES! NOOON !
QU'EST-CE QU'ELLE RACONTE, WEN?
TU NE PEUX PAS COMPRENDRE, OTHON. CE SONT SES CAUCHEMARS ...
RAMONS ! IL FAUT L'ÉCARTER DE LA PIERRE-QUI-LOCHE
COMME TU VOUDRAS ...
BROOOM
OOM
KRAAK

MON AMIE ! MON AMIE EST MORTE !
TON AMIE, JUDITH ? REGARDE AUTOUR DE TOI !
OÙ SONT LES GOULES ? LES MONSTRES ? LA MER DE SANG ET SES CAVALIERS ABYSSAUX ?
JE NE VOIS QUE LA PAIX ...
JE NE SAIS DE QUEL CIEL EST TOMBÉE LA PIERRE-QUI-LOCHE, MAIS J'AI SENTI QU'ELLE SE NOURRISSAIT DE TA SUBSTANCE, DE TES PENSÉES, DE TON INTELLIGENCE ...
ELLE T'AVAIT MENTALEMENT DÉVORÉE, AU POINT QUE TU ÉTAIS DEVENUE NÉCESSAIRE À SON PROPRE ÉQUILIBRE. LORSQU'ELLE T'A SENTIE PARTIR, SANS RETOUR, ELLE S'EST ÉCROULÉE.
J'AURAIS DÛ RESTER PRÈS D'ELLE.
NON, JUDITH. ELLE T'ENSERRAIT, POUR QUE TU NE LA QUITTES PAS, DANS UNE ÎLE DE FOLIE, PEUPLÉE D'HORREURS ...
JE L'IMAGINE, DEVENUE PENSANTE, DEVENUE MONSTRE, ANGE DE PIERRE AUX POUVOIRS EXTERMINATEURS ... JUDITH, C'EST MIEUX AINSI. TU AURAS ÉTÉ SA DERNIÈRE VICTIME ET LA FIN DE SA LÉGENDE.

8

Les damnés

JE NE DEMANDERAIS PAS MIEUX QUE DE VOUS ENGAGER, MADAME. MAIS LE TEMPS EST PASSÉ OÙ LES CHÂTELAINS VIVAIENT, OISIFS, ENTOURÉS D'UNE NOMBREUSE DOMESTICITÉ. MA FEMME ET MOI FAISONS PRESQUE TOUT NOUS-MÊMES ET À PART NOTRE GARDE-CHASSE ...
JE COMPRENDS, MONSIEUR LE COMTE. EXCUSEZ-MOI DE VOUS AVOIR DÉRANGÉ.
VOUS NE M'AVEZ PAS DÉRANGÉ ! QUAND ON CHERCHE DU TRAVAIL, IL FAUT EN PARLER À TOUT LE MONDE. CROYEZ-MOI JE SUIS DÉSOLÉ DE MON REFUS. MON FILS WEN VA VOUS RECONDUIRE ...
MERCI DE M'AVOIR REÇUE, Mr LE COMTE
ALORS, AU REVOIR, MADAME ET... BONNE CHANCE ...
ALLONS, ALLONS ...
POURQUOI PLEURER ? JE SUIS SÛR QUE VOUS TROUVEREZ DU TRAVAIL DANS LES FERMES DE LA RÉGION ! À LA FENAISON, SOUVENT, ILS ENGAGENT...
ILS... ILS NE M'ENGAGERONT PAS, MOI. PARTOUT, ON ME REPOUSSE ! À CAUSE DE MA FAMILLE... JE N'EN PEUX PLUS DE SUBIR LEURS AFFRONTS ...
HOHO ! RACONTEZ-MOI TOUT ÇA ?

LES CRIMINELS, ON LES ENFERME, Mr WEN.. AU MOINS, ILS ONT UN TOIT. LES FILLES DE CRIMINELS, ON LES CHASSE. ELLES N'ONT MÊME PLUS DE TOIT! ET JE SUIS LA FILLE D'UN CRIMINEL.
JE COMPRENDS. LES PAYSANS LE SAVENT ET VOUS REÇOIVENT TRES MAL.
S'IL N'Y AVAIT QUE LES PAYSANS! MAIS MON MARI AUSSI M'A CHASSÉE.
À CAUSE DE LA RÉPUTATION DE VOTRE PÈRE ?
À CAUSE DE CELA. ET PUIS... JE... JE REFUSAIS D'AVOIR UN ENFANT!
MAIS POURQUOI ?
POURQUOI ? POUR BRISER LA MALÉDICTION, VOILÀ POURQUOI!
DEPUIS SEPT GÉNÉRATIONS, TOUS LES MÂLES DE MA FAMILLE ONT MÉRITÉ LA DÉCAPITATION OU LA CORDE POUR LEURS CRIMES! NOUS SOMMES TARÉS, Mr WEN! ET MOI, FILLE UNIQUE, J'AI LE POUVOIR D'ARRÊTER LA SÉRIE NOIRE... SI JE N'AI PAS DE FILS!
D'OÙ VIENT CETTE PÉNOMBRE?... Mr WEN, J'AI PEUR ...
W 16 2.

EST-CE TON PÈRE? SERIONS-NOUS DANS SA PRISON? J'AI PARFOIS LE DON D'EMMENER LES HUMAINS VERS DES LIEUX INACCESSIBLES.
PAPA!
PAPA... RÉPONDS-MOI! OU BIEN EST-CE QUE JE RÊVE?...
IL NE T'ENTEND PAS. TU ES ICI EN ESPRIT, PLUS IMPALPABLE ET PLUS SILENCIEUSE QU'UN FANTÔME.
HÉ, MATHIAS! DE LA VISITE!
MATHIAS, JE TE PRÉSENTE M. LUSVER, TON AVOCAT "PRO DEO"! J'ESPÈRE QU'IL POURRA RETIRER TON COU DE LA CORDE, SANS AVOIR À COUPER OU L'UN OU L'AUTRE! HA HA HA!
ENCHANTÉ, MATHIAS.
TRÈS DRÔLE...
AH! J'OUBLIAIS: UN COLIS POUR TOI, DE LA PART D'UN COPAIN. DES BISCUITS ET... PAS DE LIME DEDANS, HA HA! BON, JE VOUS LAISSE CAUSER. À TOUT À L'HEURE.
VENONS-EN TOUT DE SUITE AU FAIT, MATHIAS. J'AI LÀ UN DOCUMENT QUI VA VOUS PASSIONNER, J'EN SUIS SÛR...
W. 16. 3.

QU'EST CE QUE C'EST QUE CE PARCHEMIN RIDICULE ?
VOUS NE COMPRENEZ PAS, MATHIAS? J'AI TROUVÉ ÇA DANS VOTRE GRENIER, CACHÉ SOUS UNE LAME DU PLANCHER.
"JE SOUSSIGNÉ, ODON MATHIAS, DÉCLARE VENDRE AU DIABLE L'ÂME DE TOUS LES MÂLES DES SEPT GÉNÉRATIONS QUI ME SUCCÉDERONT ET QUE J'ENGENDRERAI..."
QUOI ?
CHUT!! NE BOUGE PAS.
"... EN RÉCOMPENSE DE QUOI SATAN ME FERA ÉCHAPPER À LA PEINE CAPITALE POUR LE CRIME QUE J'AI COMMIS." SIGNÉ AVEC DU SANG. CONTRAT VALABLE, MATHIAS!
ET... ET ALORS ?
ODON MATHIAS ÉTAIT VOTRE ARRIÈRE-GRAND-PÈRE. ET VOUS ÊTES LE MÂLE DE LA SEPTIÈME GÉNÉRATION! EN SOMME, VOUS ÉTIEZ DESTINÉ À DEVENIR CRIMINEL ET À MOURIR JEUNE MATHIAS... CAR LE DIABLE EST IMPATIENT
!!
JE VOIS. J'AI AGI "SOUS L'EMPRISE D'UNE FORCE IRRÉSISTIBLE", COMME UN HOMME HYPNOTISÉ, EN SOMME... VOUS CROYEZ QU'UN TRIBUNAL ACCEPTERA UN PAREIL MOYEN DE DÉFENSE?
W 16 4.

NI LE TRIBUNAL NI LES JURÉS, MATHIAS. ILS DIRONT QUE J'AI FAIT FABRIQUER UN FAUX.
JE NE COMPRENDS PAS. QU'ESPÉREZ-VOUS TIRER DE CE PARCHEMIN ? JE VEUX DIRE À MON POINT DE VUE ?
CE QUI A RÉUSSI AU GRAND-PÈRE PEUT RÉUSSIR AU PETIT-FILS, MATHIAS !
PARDON ?
IMAGINEZ QUE JE BIFFE LE PRÉNOM SUR CE PARCHEMIN, PUIS QUE JE LE REMPLACE PAR LE VÔTRE : GEORGES - "JE SOUSSIGNÉ, GEORGES MATHIAS..." UN SIMPLE JEU D'ÉCRITURES...
MAIS LE TRIBUNAL...
OH ! CESSEZ DONC DE VOUS BRAQUER SUR CE TRIBUNAL ! VOUS SIGNEZ CE PARCHEMIN AVEC UNE GOUTTE DE VOTRE SANG, ET JE VOUS FAIT ÉCHAPPER À LA PEINE DE MORT, MATHIAS !
HEIN ? MAIS ALORS VOUS ÊTES... MONSIEUR LUSVER, VOUS ÊTES... ?
J'ADMETS QUE LE GARDIEN A FORT MAL PRONONCÉ MON NOM !
RÉFLÉCHISSEZ, MATHIAS. VOTRE ÂME EST DÉJÀ VENDUE À L'ENFER, RIEN NE PEUT PLUS VOUS ARRIVER DE PIRE. JE NE VOUS DEMANDE QUE L'ÂME DES SEPT GÉNÉRATIONS MÂLE À VENIR... EN ÉCHANGE DE QUOI, VOUS, VOUS VIVREZ VIEUX !
HÉ ! CE N'EST PAS IDIOT, VOTRE RAISONNEMENT ! JE SUPPOSE QUE VOUS AVEZ APPORTÉ UNE PLUME ?
WIC
5.

OÙ EST-CE QUE JE SIGNE ?
NON, PAPA ! NON !
NE SIGNE PAS ! C'EST MON ENFANT QUE TU CONDAMNERAIS ! NOUS AVONS TOUS ASSEZ SOUFFERT !
IL NE T'ENTEND PAS IL NE TE VOIT PAS, TE DIS-JE !
MAIS... OOH ! JE... RAAAH ! ILS M'ONT... ARAAAAH ! UN MÉDECIN ! HAAA !
LES BISCUITS ÉTAIENT EMPOISONNÉS. IL A DÛ DÉNONCER DES MEMBRES DE SA BANDE... UNE VENGEANCE DU "MILIEU"... ! VIENS !
LA MORT ! JE SENS RÔDER LA MORT !
STUPIDE FAUCHEUSE ! SEPT GÉNÉRATIONS QUI M'ÉCHAPPENT ! SERAS-TU TOUJOURS PLUS IMPATIENTE QUE MOI ?
C'EST ATROCE... ATROCE...
JE TE COMPRENDS. UN PÈRE RESTE UN PÈRE, FÛT-IL UN ASSASSIN...
MAIS QUELQU'UN T'ATTEND. LA MALÉDICTION EST BRISÉE
VOUS CROYEZ... QU'IL M'AIME ENCORE ASSEZ... ? J'AIMERAIS TANT AVOIR UN FILS MAINTENANT !

9

La bête

ALLONS DONC, DOCTEUR ! DES NUAGES ! VOUS AVEZ DÉJÀ VU DES NUAGES SE DÉPLACER À CETTE VITESSE-LÀ ?
BON SANG, CE NE SONT PAS DES MARTIENS, TOUT DE MÊME ! VOUS EN VOYEZ PARTOUT
MAIS LES YEUX DE WEN, ACCOUTUMÉS À L'ÉBLOUISSEMENT DE L'INVISIBLE, PERCÈRENT AUSSITÔT L'AURA BLANCHE DE "LA CHOSE" -
CE SONT DES VILLES ...
DES VILLES, À PRÉSENT ? HA HA ! MAIS TOUT LE MONDE DÉLIRE, MA PAROLE ! LA CONTRÉE ENTIÈRE EST SAISIE DE FOLIE HALLUCINATOIRE ! JE VAIS EN FAIRE UNE COMMU-NICATION À L'ACADÉMIE DE MÉDECINE !
NE RIEZ PAS, DOCTEUR, UNE TERRIBLE ANGOISSE PÈSE SUR L'UNE DE CES CITÉS ...
NOUS NE SAVONS RIEN. PEUT-ÊTRE L'AMOUR, LA HAINE, LA PEUR, SONT-ILS PLUS FORTS QUE LA GRAVITATION UNIVERSELLE. SOUDAINEMENT, WEN SE SENTIT COMME ASPIRÉ. LA VILLE L'APPELAIT.
W 1.

PAR ICI, VITE ! ENTREZ DANS LE MAHOLGAR, SES STRUCTURES SONT EN FILICARBOC... C'EST INDESTRUCTIBLE.
CROYEZ-VOUS QUE QUOI QUE CE SOIT PUISSE RÉSISTER À CETTE HORREUR, GENNOR ?
NOUS SOMMES PERDUS ! QU'ATTEND LE GRAND MAHOL POUR PRENDRE DES MESURES ?
?
MONTEZ, L'ARTISTE ! LA MEILLEURE DÉFENSE EST ENCORE UNE BONNE ÉPAISSEUR D'AIR ENTRE LA BÊTE ET NOUS !
QUELLE FOLIE D'AVOIR RECUEILLI CET OEUF SUR LA PLANÈTE LUL, SANS MÊME CONNAÎTRE L'ANIMAL QUI L'AVAIT PONDU !! "CURIOSITÉ SCIENTIFIQUE" ! OUAIS, ELLE NOUS PERDRA !
VENEZ, UN CONSEIL EXTRAORDINAIRE VA COMMENCER À LA CHAMBRE DES MAHOLS VOUS PRENDREZ PLACE DANS LES BANCS RÉSERVÉS AU PUBLIC. J'AI L'INTENTION DE LEUR PASSER UNE BELLE COLÈRE ! DE QUOI ME FAIRE ENCORE DES ENNEMIS... MAIS J'AI L'HABITUDE.
BIEN SÛR ...
W 2.

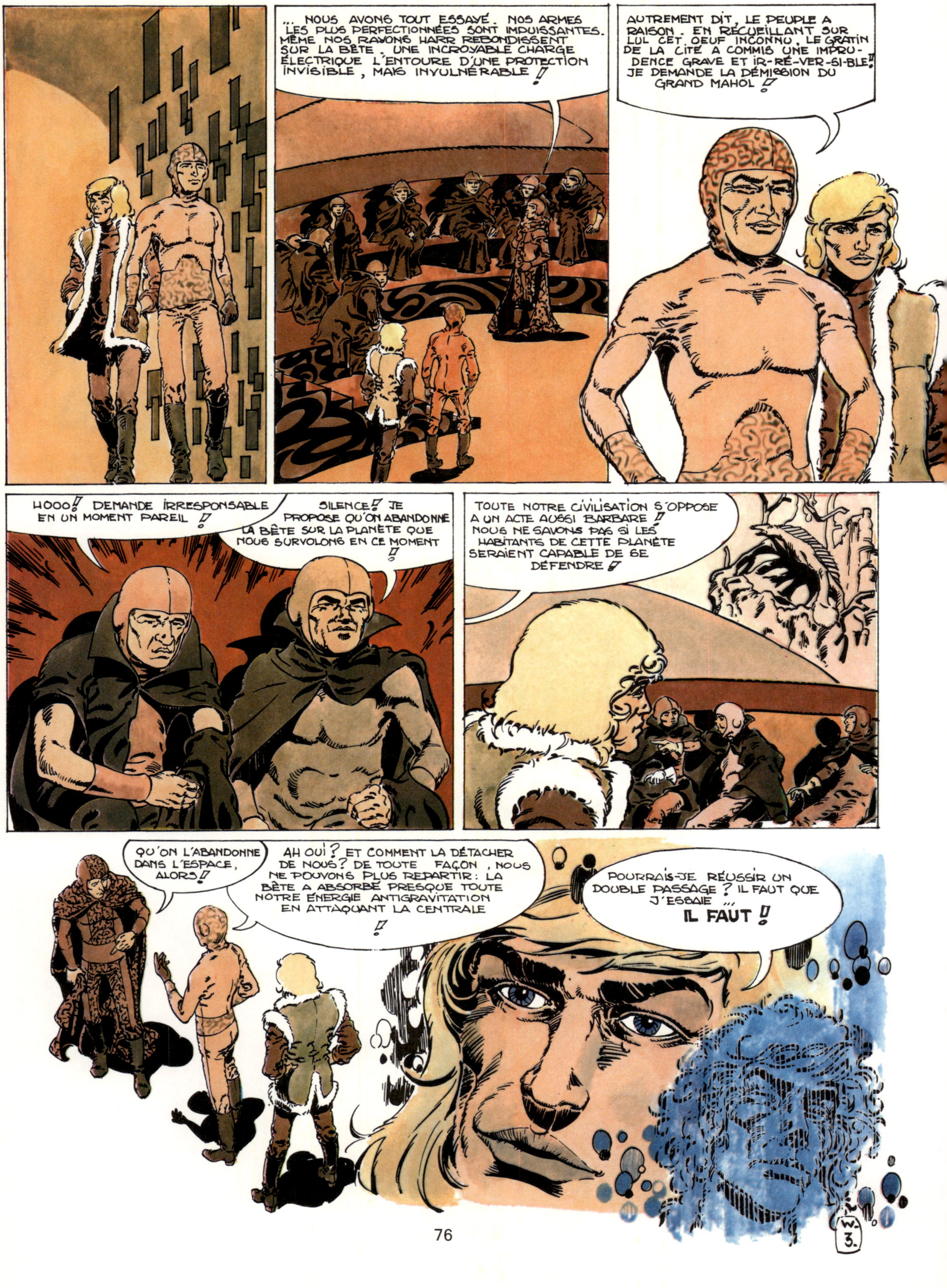
... NOUS AVONS TOUT ESSAYÉ. NOS ARMES LES PLUS PERFECTIONNÉES SONT IMPUISSANTES. MÊME NOS RAYONS HARR REBONDISSENT SUR LA BÊTE. UNE INCROYABLE CHARGE ÉLECTRIQUE L'ENTOURE D'UNE PROTECTION INVISIBLE, MAIS INVULNÉRABLE !
AUTREMENT DIT, LE PEUPLE A RAISON. EN RECUEILLANT SUR LUI CET OEUF INCONNU, LE GRATIN DE LA CITÉ A COMMIS UNE IMPRUDENCE GRAVE ET IR-RÉ-VER-SI-BLE !! JE DEMANDE LA DÉMISSION DU GRAND MAHOL !
HOOO ! DEMANDE IRRESPONSABLE EN UN MOMENT PAREIL !
SILENCE ! JE PROPOSE QU'ON ABANDONNE LA BÊTE SUR LA PLANÈTE QUE NOUS SURVOLONS EN CE MOMENT !
TOUTE NOTRE CIVILISATION S'OPPOSE A UN ACTE AUSSI BARBARE ! NOUS NE SAVONS PAS SI LES HABITANTS DE CETTE PLANÈTE SERAIENT CAPABLE DE SE DÉFENDRE !
QU'ON L'ABANDONNE DANS L'ESPACE, ALORS !
AH OUI ? ET COMMENT LA DÉTACHER DE NOUS ? DE TOUTE FAÇON, NOUS NE POUVONS PLUS REPARTIR : LA BÊTE A ABSORBÉ PRESQUE TOUTE NOTRE ÉNERGIE ANTIGRAVITATION EN ATTAQUANT LA CENTRALE !
POURRAIS-JE RÉUSSIR UN DOUBLE PASSAGE ? IL FAUT QUE J'ESSAIE ... IL FAUT !
W. 3.

WEN BANDA TOUTE SA VOLONTÉ. JUSQU'À PRÉSENT, C'ETAIT SANS EFFORT QU'IL PASSAIT D'UN MONDE À L'AUTRE. MAIS POURRAIT-IL S'ARRACHER D'UN MONDE SECOND POUR PASSER À UNE DIMENSION TERTIAIRE :
LA PLANÈTE LUL ?
AH? SERAIS-JE SUR LUL? C'EST EPUISANT... JE NE POURRAI PAS Y RESTER LONGTEMPS POURVU QUE JE VOIE...
IL S'Y EST ENGAGÉ! VITE, COUPE LA LIANE!
HÉ, PATIENCE! LAISSE AU VROR LE TEMPS DE SE DÉCHARGER...
WRHOOR
W 4

LUL! LUL! HAAA... IMPOSSIBLE D'Y RESTER, LA VUE M'ÉCHAPPE ...
TANT PIS, DE TOUTE FAÇON, JE CROIS AVOIR COMPRIS.
ELLE FONCE VERS LE PALAIS DES CONSEILS!
SEIGNEUR! LA COUPOLE EN TRANSPLEX VA S'ÉCRASER SOUS SON POIDS ...
MAIS AGISSEZ, PLUTÔT QUE DE VOUS DISPUTER! QU'ON ÉVACUE MAHOL 2 SUR MAHOL 1,3 ET 4 ... TANT PIS POUR ...
ELLE VIENT SUR NOUS!
VOUS NE POUVEZ PLUS REMONTER... MAIS POURRIEZ-VOUS DESCENDRE JUSQU'À L'OCÉAN DE LA PLANÈTE SURVOLÉE?
UNE FRACTION DE TEMPS UNIVERSEL Y SUFFIRAIT! MAIS POURQUOI?
ALORS, DONNEZ-EN L'ORDRE SANS ATTENDRE!

SOIT, J'EN DONNE L'ORDRE! MAIS QUI ES-TU ?
QUELQU'UN QUI A BEAUCOUP VOYAGÉ. Y COMPRIS SUR LUL. LÀ-BAS, LA BÊTE NE PEUT VIVRE QUE DANS LES ARBRES...
QU'ELLE TOUCHE L'EAU ET ELLE SE DÉCHARGE DE TOUTE SON ÉNERGIE. C'EST AINSI QU'ON LA CHASSE, SUR LUL! FAITES-LUI TOUCHER L'OCÉAN!
WRHOOOOOORR
GAGNÉ! QU'ON DÉCORE CE MAHOLIEN! IL A MÉRITÉ LA PLUS HAUTE DISTINCTION DE L'EMPIRE!
PSCHHHH
EH BIEN, OÙ EST-IL PASSÉ? MALHEUR! POURVU QUE LA BÊTE NE L'AIT PAS EMPORTÉ DANS L'OCÉAN?
REGARDEZ, DOCTEUR! LE NUAGE ÉTAIT REDESCENDU, MAINTENANT IL REMONTE! ET LES AUTRES TOURNENT AUTOUR DE LUI! C'EST PAS NATUREL, QUOI!
WEN! MONSIEUR WEN! HÉ? QU'EST-CE QUI VOUS ARRIVE?
FIN

PRINTED IN BELGIUM BY
proost
INTERNATIONAL BOOK PRODUCTION